바비가면

세상에 숨기고 싶은 비밀을 가진 친구들에게

우리 주위엔 주인공 석이와 수정이처럼 비밀을 가진 친구들이 있을 거예요.

그 친구들은 비밀이 가족이나 친구들이 알게 될까 봐 가슴앓이하며 살아가고 있어요.

그 비밀 때문에 많은 시간을 아파하거나 괴로워하며 살아가야 한다는 건 참으로 안타까운 일이에요.

친구들!

혹시 비밀을 친구가 고백하거나 누군가에 의해 듣게 됐을 때, 괴로워하는 친구에게 손 한 번 잡아주는 것도 큰 위로가 된대요.

"괜찮아!"라고 한 마디 해준다면 더더욱 힘이 되고 아파하거나 괴로워하지 않을 거예요.

할 수 있지요?

이것도 알아야 돼요.

내가 친구에게 상처 주는 말을 한다거나 행동을 하면 친구에게는 아픈 상처지만, 나에게도 친구를 아프게 한 기억이 오랫동안 후회로 남는다는 것을 잊지 않았으면 좋겠어요.

친구들은 이 책을 읽고 주인공 석이처럼 두려워하지 말고 숨기고 싶었던 비밀을 용기 있게 말하고 살아갔으면 좋겠어요.

부족한 저에게 글을 쓸 수 있도록 용기를 주시는 아동문학가 박성배 선생님, 조정환 시인 그리고 서평을 써주신 아동문학가 문삼석 선생님께 진심으로 감사드립니다.

마지막으로 이 책이 나오기까지 도와준 아내와 외손녀 다인이와 은채에게 고맙다는 말을 전하고 싶습니다.

마법가면

THE 숲

바비가면

1판1쇄 발행 / 2021년 4월 30일

발행인 김삼동
글 · 그림 김삼동
편집 조성훈
인쇄 선진인쇄
펴낸곳 도서출판 THE삼
주소 (03427) 서울시 은평구 서오릉로21길 36 현대@101동 401호
전자우편 ksd0366@naver.com | **전화** 02) 383-8336

ISBN 979-11-89780-09-8

바비가면

1

새로 온 여자아이

4학년 첫날.

첫 시간이 10여분 남았을 때였다. 형철이가 석이를 가리키면서 한 마디 말하자, 아이들은 마음에 드는 아이끼리 앉느라 야단법석을 떨었다. 그래서 작년에 반장이었던 윤호는 이렇게 앉아서 1년 동안 공부했으면 좋겠다고 말하기까지 했다. 공부도 잘하고 얼굴도 예쁜 소라와 앉았기 때문이다. 다른 아이들도 사정은 다르지만 윤호와 같은 마음일 것이다.

석이는 세 번째 줄 맨 뒤에 혼자 앉았다. 얼굴이 까무잡잡한데다 머리는 곱슬머리라서 아이들이 곁

에 앉으려고 하지 않았다. 선생님이 짝꿍을 정해 주면 며칠 못 가서 짝꿍이 자리를 바꿔달라고 하였다. 한번은 2학년 2학기 때 짝꿍이 자리를 바꿔주지 않자, 짝꿍 엄마가 와서 선생님께 항의한 적도 있었다.

시작 벨이 울리자, 남자 선생님이 낯선 여자아이 한 명을 데리고 들어왔다.

스물세 명의 아이들 눈이 일제히 휘둥그레졌다.

노란 원피스를 입은 여자아이는 바비 인형처럼 눈이 크고, 피부도 우유처럼 하얗고, 갈색 긴 머리에다 볼이 발그레했다.

까불이 형철이가 바비인형 같다고 소리쳤다.

그러자 아이들도 고개를 끄덕이며 형철이의 말을 인정했다. 그리고 자신의 곁에 앉은 짝꿍을 바라보았다. 조금 전까지는 선생님이 자리를 바꾸려고 한다면 모두 한목소리로 따지자고 짝꿍끼리 약속까지 했었다.

이제 그런 마음은 온데간데없이 사라졌다. 남자

아이들과 여자아이들이 새로 온 여자아이와 앉고 싶은 속마음을 드러냈다. 그중에 까불이 형철이는 자신의 짝꿍을 석이 옆에 가 앉으라고 팔꿈치로 툭 툭 치며 으르렁거렸다. 형철이 짝꿍은 둘이 죽이 잘 맞는 명수이다.

짝이 없는 아이는 석이 밖에 없다. 모두들 석이와 새로 온 아이와 앉는다면 불공평하다는 생각을 했다.

석이는 새로운 여자아이와 앉고 싶다. 하지만 하루도 되지 않아서 여자아이가 자리를 바꿔달라고 할 게 분명하니까 그럴 일은 없다. 다만 '하루라도 여자아이와 앉을 수만 있다면……' 하는 욕심이 생겼다.

"선생님!"

3학년 때 반장이었던 윤호가 손을 들었다.

선생님이 '말해 봐'라는 눈빛으로 윤호를 바라보았다.

"소개 시켜 주어야지요."

"음."

선생님은 알았다고 고개를 조금 끄덕이더니, 아이들을 둘러보았다.

'설마 석이 옆 빈자리에 새로 온 여자애를 앉히려는 건 아니겠지.'

아이들이 비슷한 생각을 하며 선생님의 눈을 따라 움직였다.

"우선 맨 뒤에 앉은 석이 옆에 빈자리가 있구나. 거기에 앉아라."

선생님이 턱짓으로 빈자리를 가리키며 여자아이의 반응을 살폈다.

여자아이가 싫은 내색하지 않고 석이 옆으로 갔다.

순간 아이들이 일제히 "선생니임!" 하고 불만을 드러냈다. 형주는 한 술 더 떠서 "선생님이 왜 맘대로 앉게 해요!" 라고 불평했다.

"왜?"

선생님이 불만이 있으면 말해보라고 형주를 빤히 바라보았다.

형주는 대답할 수 없는 게 억울한지 책상을 발로 툭 찼다.

석이는 갑자기 가슴이 쿵쾅쿵쾅 뛰고 몸이 불덩이 같았다.

여자아이가 앉기 편하게 의자를 뒤로 당겨놓았다. 그리고 가무잡잡한 손을 여자아이가 볼까 봐 소매 끝을 당겨서 숨기고 고개까지 푹 숙였다. 아무리 비누로 씻어도 피부가 검으니까 희지 않았다.

자박자박 걸어오는 여자아이의 발소리가 들렸다. 그리고 석이가 뒤로 빼준 의자에 앉았다.

그런데 여자아이는 석이와 멀리 떨어져 앉으려고 의자를 바깥쪽으로 옮기지 않았다. 조금만 움직여도 팔꿈치가 닿을 것 같았다. 3학년 때까지 지낸 짝꿍의 행동과는 전혀 달랐다.

석이는 마음속으로 '휴' 하고 가슴을 쓸어내렸다.

무릎에 두 손을 얹고 앉아 있는 여자아이의 몸에서 향기가 났다. 이게 꿈인가 입술을 깨물어봤다. 아팠다.

선생님이 1년 동안 잘 지내보자며 자신의 소개를 했다.

"이제부터 1분단 앞자리에 앉은 어린이부터 자기소개를 한다. 맨 앞자리 왼쪽에 앉은 아이부터 일어나서 자기소개 해 봐."

선생님이 현주를 가리켰다.

현주가 일어서서 자기소개를 했다.

한 명, 두 명, …… 소개가 끝나고 석이 차례가 되었다.

"제 이름은 김석이에요"

석이는 목소리가 떨렸다. 바위처럼 비바람을 견디며 잘 자라라고 지어주었다.

이제 새로 온 여자아이 차례다.

순간 23명의 아이들의 궁금한 눈빛이 빛났다.

"제 이름은 민수정입니다. 잘 부탁합니다."

여자아이가 옥구슬 굴러가는 목소리로 말하고 자리에 앉았다.

여자아이 몇 명이 입을 쌜쭉 내밀기는 했지만, 대

부분 아이들은 입을 벌린 채 다물 줄을 몰랐다.

"어느 학교에서 왔어요?"

형철이가 벌떡 일어나서 물었다.

"그건 다음에 이야기하기로 하고,"

선생님이 앞으로 어떻게 수업을 진행할 것인지 이야기하는 중인데, 수업이 끝나는 벨소리가 울렸다.

선생님이 나가자마자, 아이들이 모두 수정이 주위로 몰렸다.

그뿐만이 아니었다. 둘째 시간이 끝나자, 옆 반 아이들까지 수정이를 보러왔다. 삽시간에 수정이는 유명한 아이가 됐다.

아이들이 이것저것 물었다. 하지만 수정이는 어느 학교에서, 어느 동네에서 사느냐고 물으면 말 못할 사정이라도 있는 듯이 눈을 피하고 입도 꾹 다물었다.

그리고 아이들이 갈 때는 석이와 짝꿍이 된 게 이상하다는 표정을 짓거나 귀엣말을 나누었다.

석이는 그런 건 상관없었다.

2

자리다툼

반장선거가 끝나고 2주일이 지났다.

석이는 1학년 때부터 3학년 때까지 짝꿍이 단 하루도 지나지 않아서 자리를 바꿔달라고 했는데, 수정이는 2주일이 지났는데도 그러지 않았다.

그래서 남자아이들은 쉬는 시간만 되면 석이에게 자리를 하루만 바꿔 앉자고 졸랐다. 반장은 자신 정도는 돼야 수정이와 앉을 자격이 있다며 석이를 마음 아프게 말했고, 형철이는 괴롭히거나 협박까지 서슴지 않았다.

석이를 편이 되어주는 아이는 없었다.

"깜둥이, 오늘은 세수 했냐?"

"너 1년에 한 번이라도 세수는 하는 거냐?" 라고 마음 상하게 묻는 등.

석이는 부글부글 끓는 화를 참아야 했다. 1학년 때와 2학년 때는 화를 이기지 못하고 싸운 적이 여러 번 있었다. 그때마다 잘잘못을 떠나 혼나는 건 자기 몫이었다.

그리고 엄마가 말했다. 상대와 싸워서 이기는 것보다 지는 게 낫다고 했다. 그리고 상대에게 먼저 화를 내면 지는 거다 라고 덧붙였다. 아빠도 똑같은 말을 했다.

"선생님, 자리 언제 바꿔 앉아요?"

첫째 시간에 형철이가 물었다. 4학년 첫 날, 재수 없으면 석이와 앉아야 할지 모른다고 말해서 지금처럼 짝꿍이 정해졌다. 그러던 형철이가 그저께부터는 반장과 함께 다니면서 선생님에게 자리를 바꿔달라고 조를 것을 아이들에게 말했다.

"왜?"

선생님이 출석을 부르려다가 형철이를 바라보았

다.

"그냥요."

형철이는 똥 싼 표정을 지으며 얼버무렸다.

"선생님."

이번에는 반장이 손을 들었다.

"1학년 때는 번호 순서대로, 2학년 때는 키 큰 순서대로, 3학년 때는 남자와 여자로 나누어서 번호를 뽑아 짝꿍을 정해서 앉았었는데요. 4학년이 되었으니까 세 가지 방법 중에 하나를 택하여 앉는 게 옳다고 생각해요."

"그래? 하지만 내가 보기에는 너희들이 마음에 드는 짝꿍끼리 미리 앉은 거 아니냐?"

선생님이 묻자, 반장의 얼굴이 붉어졌다.

이번에는 선생님이 아이들에게 "너희들은 어떻게 생각해?"라고 물었다.

아이들도 대답을 못했다.

"수정아, 넌 어떻게 생각하느냐?"

선생님은 이참에 자리 이야기를 꺼내는 일을 없

애기 위해서 수정이에게 물었다.

수정이가 대답하지 않았다.

석이는 수정이가 자리를 바꿔달라고 하지 않을지 내심 걱정이 됐다. 그동안 수정이가 의자에 앉기 편하게 의자를 뒤로 빼주거나 지우개라도 떨어지면 얼른 주워서 주었다.

"이야기 해 봐?"

선생님이 재차 물었다.

"전 여기가 좋아요."

수정이가 작은 목소리로 대답했다.

모두들 잘못 들었나 자신들의 귀를 의심했다.

특히 반장 윤호가 실망이 가장 큰 표정을 지었다. 그의 어깨가 축 쳐지는 걸 보자 불쌍해 보이기까지 했다.

공부시간에 수정이 보란 듯이 발표도 많이 해서 잘난 척 되게 많이 했다. 그리고 외제 과자라며 수정이에게 준 적도 있었다. 공부 잘하고 키도 큰 데다 석이와 비교도 되지 않을 만큼 잘 생겼다. 여자아이들이 반장을 좋아했다. 그래서 수정이가 자기와 앉고 싶다고 말할 거라고 굳게 믿었을 것이다.

석이는 무얼 해도 기분이 들뜬 것처럼 좋았다. 당장 수정이가 자리를 바꾸어달라고 하지는 않을 것 같았다. 하지만 마음 한구석에는 수정이의 속마음이 궁금했다. 수정이는 공부도 잘 하고 얼굴도 예뻤다. 석이는 그 반대로 얼굴이나 피부 색깔도 다르고 공부도 잘 하는 게 없었다.

다음날 아침이었다.

석이가 교실에 들어섰을 때, 자신의 자리에 형철이가 앉아 있었다.

"내 자리야."

석이는 형철이에게 자리에서 비켜 줄 것을 요구했다.

"야, 니 자리, 내 자리 어디 있어! 선생님이 마음에 맞는 아이끼리 앉아도 된다고 어제 말했잖아. 그러니까 내가 여기 앉으면 내 자리야!"

형철이가 으르렁거렸다.

석이는 형철이가 비켜주길 고집스럽게 기다렸다. 마음 같아서는 의자에 앉은 형철이를 끌어내리고 싶었다. 힘으로 싸운다 해도 밀리지 않을 자신이 있었다. 하지만 막상 싸우면 아이들이 모두 형철이 편이 되었다. 그동안 수없이 겪어서 알았다.

또 있다.

지금과 같이 자리를 정한 것은 누구보다 형철이의 책임이 컸다.

선생님이 들어오셨다. 그리고 형철이를 무서운 눈으로 봤다.

"너 이따 봐!"

형철이가 으르렁거리며 제자리로 갔다.

석이는 기뻤다. 그깟 자리 하나 때문만이 아니었다. 어느 누구도 자신의 자리를 넘볼 수 없게 되었다는 걸 보여주었다. 그리고 자신도 어엿한 짝꿍이 있고, 그것도 아이들이 부러워하는 수정이와 짝꿍이라는 게 자랑스러웠다.

3

질 투

1주일 전부터 남자아이들이 수정이에게 잘 보이려는 행동을 보이자 여자아이들은 질투하였다.

그래서 여자아이들은 수정이에게 다가와 일부러 팔을 툭 치거나 째려보기도 하고 책상을 건드리며 지나갔다. 화장실에 갈 때는 두세 명이 바짝 붙어서 밀치기까지 했다. 툭하면 수정이가 내숭을 떤다고 비웃기까지 했다.

그때마다, 석이는 수정이를 보호하지 못하는 나약한 자신이 원망스러웠다. 하지만 마음속으로는 수정이를 괴롭히는 아이들을 언젠가는 가만두지 않을 거라고 벼르고 있었다.

두 번째 수업이 끝나자, 부반장이 수정이 책상 앞으로 오더니 책을 일부러 떨어뜨렸다. 반장이 수정이에게 관심을 보이면서 둘은 티격태격 싸웠었다.

"왜 그래!"

석이는 화가 폭발했다.

어제도 부반장이 수정이의 팔꿈치를 일부러 건드려 놓고 미안하다는 말을 하지 않았었다.

그리고 어제 엄마가 한 말도 힘이 되었다. 아이들이 수정이를 괴롭힌다고 말했더니, 엄마가 석이에게 수정이를 좋아한다면 지켜주라고 했다.

"야! 깜둥이 네가 뭔데 그래!"

부반장의 눈꼬리가 올라갔다.

"수정이가 아무 잘못도 없는데 왜 못살게 굴어!"

"깜둥이, 너 수정이 좋아하냐?"

"제 수정이 좋아해!"

아이들이 한목소리로 외쳤다.

석이는 얼굴이 빨개졌다. 수정이를 좋아하지만 겉으로 표현한 적은 없었다.

　수정이의 두 눈에 눈물이 글썽거렸다. 이일로 수정이가 오해를 하고 자리를 바꿔달라고 하지 않을까 불안했다.

　"주제 파악 좀 해라!"

　부반장이 말하고 물러났다.

　석이는 수정이를 보호하기 위해서 부반장에게 충고 했다는 게 자신도 놀랐다. 그리고 억울해도 싸우지 않고 참았다는 게 기뻤다.

　수정이의 눈에서 눈물이 볼을 타고 흘러내렸다.

　여자아이들이 깔깔 거리며 밖으로 우르르 몰려나갔다.

　교실에는 수정이와 석이만 남았다.

　"울지 마!"

　석이는 수정이에게 용기 내어서 처음 말했다.

　"미안해!"

수정이가 손수건으로 눈물을 닦으며 말했다.

석이는 가슴이 쿵쾅쿵쾅 뛰었다. 지금까지 미안하다는 말 들어보는 건 처음이었다. 그동안 아이들이 놀려서 싸우거나 맞아도 미안하다고 말하는 건 자신이었다.

"아냐. 난 괜찮아."

석이는 씨익 웃으며 말했다.

수정이가 가방에서 뭔가 꺼내서 주었다. 초콜릿이었다. 태어나서 아이들에게 받아본 게 처음이었다. 그것도 여자아이한테 받았다.

수정이의 웃는 눈은 정말 예뻤다.

앞으로 수정이를 지켜주어야겠다고 다짐했다.

4

체육 시간

4학년이 되고 처음으로 선생님이 체육 시간에 피구한다고 말했다.

남자아이들은 말은 하지 않았지만 저마다 수정이의 관심을 얻을 기회라고 기뻐했다. 공부 시간에는 공부 잘하는 애들 몇 명 빼고는 수정이의 관심을 얻을 기회가 없었기 때문이다. 특히 형철이가 석이를 보며 꿍꿍이속이 가득한 눈으로 실실 웃기까지 했다.

석이는 불안했다.

시작 벨이 울리자, 아이들이 모두 운동장에 모였다.

선생님도 나왔다. 그런데 수정이가 보이지 않았다.

"선생님, 수정이가 교실에서 안 나왔어요. 제가 데려 올게요?"

반장이 뛰어갈 준비를 하며 물었다.

"괜찮다."

"왜요?"

반장이 울상이 된 표정으로 선생님을 바라봤다.

"수정이는 몸이 조금 아프단다. 우리끼리 피구하자."

"어디가 아픈데요?"

아이들이 물었다.

석이는 수정이가 아프다는 걸 처음 알았다.

4학년 1반 창문으로 수정이의 얼굴이 나타났다.

남자아이들이 웃거나 손을 흔들어 주었다. 석이도 가슴까지 손을 들고 흔들었다. 그러자 수정이가 환하게 웃으며 손을 흔들었다.

두 팀은 홀수 번호와 짝수 번호로 나뉘었다. 석이는 부반장과 한 팀이 되고, 반장은 형철이와 한 팀이 되었다.

반장과 형철이는 상대팀 아이들에게 가까이 다가가서 "너희들 알지!" 웃으며 말했다. 그리고 석이에게는 "흥!" 하고 두고 보라는 듯이 콧방귀를 뀌었다.

피구가 시작 되었다.

여전히 수정이는 상체를 내밀고 이쪽을 바라보고 있었다.

반장 팀이 공격 차례였다.

석이는 형철이의 첫 번째 희생자가 되었다. 다른 친구들도 반장과 형철이의 사정없는 공격으로 금세 물러나고 말았다.

이번에는 석이 팀의 공격 차례였다.

석이 팀 아이들은 반장과 형철이를 제외한 아이들에게 던졌다. 석이도 반장과 형철이에게는

힘껏 던질 용기가 나지 않았다. 반장과 형철이에게 밉보였다가는 4학년 내내 괴롭힘을 당할 것 같았다.

"야! 받았다!"

반장이 수정이를 향해 손가락으로 브이 자를 높이 흔들며 외쳤다.

반장이 자신에게 던지라고 손짓을 했고, 공을 던진 아이는 반장에게 일부러 약하게 던졌다. 형철이도 따라 했다. 물러났던 아이들이 들어왔다.

"녀석들!"

멀리서 지켜보시던 선생님이 다가와서 정정당당히 경기를 하라고 야단치셨다.

하지만 누구 하나 반장이나 형철이에게 세게 던지지 않았다.

5

공부 시간

수학 쪽지 시험을 봤는데 석이는 일곱 개 맞아서 28점이었다.

짝꿍 수정이는 100점이었다. 반에서 반장과 별명이 공부벌레인 소라까지 세 명이었다.

석이는 시험지를 받자마자 책가방에 쑤셔 넣었다. 자신의 형편없는 수학 점수 때문에 수정이가 실망이 큰 나머지 멀리 하지는 않을까 가슴을 졸였다.

"틀린 문제는 오답 노트 만들어서 내일까지 풀어올 것."

선생님이 말했다.

석이는 집에 와서도 형편없는 수학 점수 때문에 마음이 안정이 되지 않았다. 그동안 수정이한테 잘 대해주었던 게 사라지지는 않을까 라는 걱정뿐이었다.

석이는 수학이 제일 어려웠다. 시험 볼 때마다 20점대 받을 때가 많았다.

다음날이었다.

어제 숙제로 내준 틀린 문제를 푸느라 끙끙 댔다. 어려워서 숙제를 하지 않았었다.

"내가,"

수정이의 목소리가 들렸다.

바라보니, 수정이의 눈빛이 내가 도와줄까 하는 표정이었다.

석이는 처음 받아본 도움이었다.

"내가 아는 문제니까 도와줄게."

수정이가 연필로 차근차근 설명했다.

"이렇게, 이렇게, 하면 돼."

수정이가 도와주니까 마술처럼 쉽게 풀렸다.

아이들의 눈이 일제히 부러운 눈빛이었다.

석이는 처음으로 어깨를 쭉 펴고 문제를 풀었다.

"모르면 언제든지 물어 봐. 도와줄게."

수정이가 말갛게 웃었다. 처음으로 바라본 볼은 마치 바비인형처럼 예뻤다. 그동안 얼굴을 똑바로 바라본 적이 없었다.

집에 와서 오늘 배운 수학을 수정이가 알려준 데로 열심히 풀었다. 수정이와 오래도록 짝꿍이 되려면 수학을 잘 하는 것뿐이었다.

한번은 수학문제를 가르쳐 줄 때, 석이는 자신도 모르게 자신의 손이 수정이의 손등에 닿았다. 그런데 수정이가 흠칫 놀라거나 피하지 않았다.

전에는 아이들이 손끝만 닿아도 벌레를 만진 듯이 옷에 문지르거나 욕을 했었다. 심지어 손을 씻으러 가는 아이까지 있었다.

정말 수정이는 마음씨 고운 천사라고 생각했다.

"고마워!"

석이는 하고 싶은 말을 당당하게 했다.

"아냐. 넌 착해!"

수정이의 한 마디가, 석이는 심장이 멎고 몸이 붕 뜨는 것 같았다. 하마터면 자리에 일어나서 소리칠 뻔했다. "내 짝꿍은 천사야!" 라고,

가만히 앉아 있어도 얼굴에 웃음이 번졌다.

아이들이 사랑놀이하느냐는 조롱의 말도 이제는 피식 웃어넘기는 여유까지 생겼다.

사람은 피부색이 아니라 마음이 중요하다는 엄마의 말이 옳았다. 엄마 가족의 강한 반대에도 아프리카에 있는 나라 잠비아 사람인 아빠와 결혼한 엄마의 변명이라고 믿어 왔었다.

"쟨 깜둥이를 진짜 좋아하나 봐."

선아가 말해도 수정이는 무시했다.

"오늘 수학문제 가르쳐 주기로 했잖아."

"맞아!"

석이는 말 잘 듣는 아이처럼 가방에서 책과 공책을 꺼냈다.

6

소문들

두 번째 수업이 끝나고, 쉬는 시간이었다.

여자아이들이 수정이 주위로 몰렸다. 무리에는 선아와 유미도 있었다.

석이는 소변이 마려운 데도 참았다.

이번에도 수정이를 위해서 한 마디 해줄 각오가 되어 있었다.

"야! 너희 아빠가 사업 망하고 빚 때문에 우리 동네에 와서 숨어 산다며?"

선아가 따졌다.

수정이가 집과 전에 다니던 학교에 대한 답을 피하자, 억측이 무성했었다. 그 중에 선아가 말한

소문은 석이도 들어서 알고 있었다. 심지어 큰 병에 걸렸을 거라는 소문까지 나돌았다.

"아니야, 거짓말이야!"

수정이가 울먹이며 부인했다.

"그럼 왜 말 못해! 어디 사는지. 어느 학교에서 왔는지?"

수정이의 눈에서는 눈물이 나고 손이 부르르 떨렸다.

"우리도 다 들어서 알아. 솔직히 말해 봐?"

"그건 다 거짓 소문이야! 수정이는 아빠가 사업 망해서 온 게 아냐!"

석이는 흥분한 목소리로 소리쳤다.

"야! 네가 어떻게 알아?"

"사업 망해서 왔다고 말 안 했어."

"그럼, 수정이가 집이 어딘지, 그리고 어느 학교에서 왔는지 왜 숨기는데?"

"그건,"

"나쁜 짓 하고 왔으니까 숨기는 거 아냐! 말해

봐?”

선아가 코앞까지 다가와 으르렁거렸다.

석이는 말이 콱 막혔다.

“너희들 뭣들 하는 거야!”

선생님이 들어오셨다. 그제야 조금 전에 벨소리
가 울렸다는 걸 알았다.

“너희들 모두 앞으로 나와!”

선생님의 화난 목소리는 처음이었다.

선아 일행이 고개를 숙인 채 앞으로 나갔다.

선생님은 선아 일행을 보면서 한숨을 길게 내
쉬었다.

“나도 이야기 다 들었다. 수정이가 집과 전에
다니던 학교에 대해서 말하지 않았다고 해서 떠
도는 억측만 가지고 말하면 되겠나.”

선생님이 나무랐다.

“다시 말하는데 수정이는 아픈 아이야. 그만
한 사정이 있으니까 말하지 않았을 뿐이야.”

“사정이 뭔데요?”

유미가 물었다.

"유미야,"

선생님이 부르고 한참 동안 유미의 눈을 바라보았다. 마치 너도 말하고 싶지 않는 비밀 있잖아, 라고 묻는 것 같았다.

유미는 새엄마와 함께 산다는 소문이 있었다.

유미가 고개를 숙였다.

선생님이 선아 일행에게 다시는 이런 일이 없도록 다짐을 받은 다음 들어가게 했다.

자리에 앉는 선아 일행은 뉘우치는 기색이 없어 보였다. 그중에 선아는 수정이를 향해 "흥" 하고 콧방귀까지 뀌었다.

"수정이 소원이 뭔지 아냐? 너희들하고 어울리면서 놀고 싶단다. 장난도 치고 그리고 피구도 하고 싶고……."

선생님이 말할 때, 석이는 자신의 이야기 같아서 눈물이 핑 돌았다.

7

말타기 놀이

점심 먹고 쉬는 시간이었다.

"야! 네 소원이 우리하고 놀고 싶다며?"

"……."

"안 갈 거야? 너 멀쩡한 거 다 알아!"

선아와 그의 패거리 유미가 수정이의 어깨를 흔들며 말했다. 그들의 속셈은 불을 보듯 뻔했다.

수정이의 눈가에는 눈물이 맺혔다.

"선생님이 아프다고 했는데, 왜!"

"수정이가 네 여친이라도 되냐?"

석이는 말문이 콱 막혔다.

"뭐해!"

수정이가 선아의 거듭된 등쌀에 못 이겨 일어섰다. 모든 걸 포기한 슬픈 표정이었다.

　"싫다는 데 왜?"

　"그럼 너도 와! 끼어줄게."

　석이는 일어섰다. 수정이가 위험에 빠지면 구할 생각이었다.

　몇몇 아이들이 재미있는 구경거리라고 큭큭 거리며 따라왔다.

　아이들이 간 곳은 학교 건물 옆쪽이었다.

　예상한 대로 말타기 놀이였다. 두 편으로 가위바위보 해서 진 쪽은 말이 되고 이긴 쪽은 말의 등에 타는 놀이였다. 여자아이들도 남자아이들 못지않게 거칠게 놀았다.

　가위바위보는 두 명씩 했는데, 이미 양 편은 정해져 있었는지 선아와 유미 그리고 덩치 큰 여자아이 두 명이 한 편이 되었다. 나머지 약하고 선아의 말이라면 꼼짝 못하는 아이 셋과 수정이가 한 편이 되었다. 시작부터 수정이 팀이 졌다.

수정이가 머뭇거리는 사이에, 세 명 중 한 명이 벽에 기대고 나머지 두 명은 앞사람의 다리 사이에 머리를 숙여 넣었다.

석이는 수정이 대신 해줄 수가 없어서 씩씩거렸다.

"이건 안 돼!"

"안 되면 네가 대신 해?"

선아가 실실 웃으며 말했다.

"뭐해!"

선아가 멀뚱히 서 있는 수정이에게 소리를 꽥 질렀다.

수정이가 울먹인 표정으로 맨 뒤로 다가가 앞의 여자 다리 사이에 머리를 넣었다.

선아가 짓궂은 미소를 지었다. 그리고 힘껏 달려서 몸을 공중에 띄웠다가 수정이의 등 한가운데 쾅 내려앉았다.

"악!"

수정이가 비명을 지으며 엉덩이가 내려앉았다.

“야! 이까짓 걸로 앉으면 어떻게 해. 다시
해!”

선아가 화를 냈다.

수정이가 다시 엎드렸다.

석이는 선아를 향해 수정이 허리 다치면 책임
질 거냐며 소리쳤다.

선아는 이를 무시하고 또 한 번 수정이의 등 한
가운데 힘껏 내려앉았다. 수정이의 등이 조금 내
려앉았다가 가까스로 버티고 일어섰다.

다음은 유미도 이에 질 세라 힘껏 달려가서 쿵
소리 나게 앉았다. 뚱뚱한 경아 차례였다.

뒤뚱뒤뚱 달려가서 수정이의 등으로 다가갈 때
였다.

석이가 재빨리 가로막았다. 경아가 수정이의
등에 앉는다면 허리가 부러질 것 같았다.

“야!”

경아가 석이를 밀쳤다.

“안 돼!”

"왜 안 돼!"

그때 수업을 시작하는 벨이 울렸다.

석이는 안도의 숨을 내쉬었다.

8

충 격

날이 갈수록 선아와 그의 일행들이 수정이를 괴롭히는 횟수가 많아졌다.

수정이 다리를 걸어 넘어뜨린 적도 있었고, 걸레를 던져서 수정이를 맞추는 일도 있었고, 청소할 때 수정이의 드레스에 더러운 물이 튀게 장난친 일도 여러 번 있었다.

석이는 수정이를 지키기 위해서 곁에 있고 싶어 했지만, 반장이 일부러 석이에게 유리창 닦는 일이나 복도 청소를 시켰다.

한번은 수정이가 울고 있기에 한 마디 했다가, 아이들이 집중 공격을 받은 적도 있었다.

두 번째 시간이었다.

선아와 그의 친구 둘이 모여서 뭔가 의논을 하였다.

석이는 나쁜 일이 일어날 거라는 예감이 퍼뜩 들었다. 왜냐면 선아와 그의 패거리들이 수정이를 꿍꿍이속이 가득한 눈빛으로 바라보며 귀엣말을 나누고 있었다.

수정이는 그것도 모르고 화장실에 가려고 자리에서 일어나 뒤로 걸어갔다. 그녀의 몸은 어제 말타기 일로 무거워보였다.

선아가 수정이 앞으로 걸어갔고, 다른 아이 두 명이 수정이의 뒤쪽으로 바삐 따라 갔다.

석이는 수정이를 보호하려고 수정이 앞으로 갔다.

선아가 석이를 밀쳤다. 석이는 갑자기 당한 일이라 옆으로 비틀거렸다.

그때 수정이의 뒤에 있던 아이들 중 하나가 다른 아이를 밀쳤고, 그 아이가 수정이를 밀쳤다.

"엄마-!"

수정이가 비명을 지르며 앞으로 넘어졌다. 우연인지 일부러 했는지 선아가 수정이의 머리카락을 한 움큼 잡았다.

수정이의 얼굴에 씌웠던 가면이 벗겨지면서 흉측한 한쪽 얼굴이 드러났다.

교실에 있던 아이들이 일제히 놀랐다. 바비 인형 같다던 형철이도 놀라서 벌어진 입을 다물 줄 몰랐다.

수정이가 가면을 낚아챈 두 손으로 얼굴을 감싼 채 교실 밖으로 뛰쳐나갔다.

아이들은 운동장을 지나 교문으로 빠져 나가는 수정이의 뒷모습을 유리창으로 바라보았다.

"완전 속았네!"

형철이가 소리쳤는데도 누구 하나 관심을 보이지 않았다.

석이는 수정이를 적극적으로 지켜주지 못한 강한 죄책감 때문에 눈물이 줄줄 쏟아졌다.

"왜 그래?"

공부 시작 벨소리가 울리고, 교실에 들어온 선생님이 숙연한 분위기에 물었다.

아이들은 서로 눈치를 살폈다.

"이야기 해 봐?"

선생님은 수정이의 빈자리를 보고 뭔가 낌새를 알아차렸는지 반장에게 소리쳤다.

반장은 고개를 숙인 선아를 힐긋 바라보았다.

"민수정은 어디 갔어?"

반장이 조금 전 벌어졌던 이야기를 했다.

선생님은 깊은 한숨을 내쉬며 아무 말도 하지 않았다.

10여분이 흘렀다. 교실은 누구 하나 기침 소리조차 내지 않고 쥐 죽은 듯이 조용했다.

"수정이가 다섯 살 때 불이 나서 얼굴 한쪽이 화상을 입었단다. 예쁜 아이였는데……. 어제는 수정이 엄마가 전화해서, 여러분들이 수정이를 친절하게 대해줘서 고맙다고 학교에 한번 들른다고 했었는데……."

　선생님은 더 이상 이야기 하지 않고 수업을 마
쳤다.

9

수정이의 결석

단 한 번도 결석하지 않던 수정이가 3일 째 나오지 않았다.

선생님도 수정이에 대해서 단 한 마디도 꺼내지 않았다.

석이는 수정이를 지켜주지 못했다는 죄책감 때문에 매일 심장 위에 돌을 하나 얹어 놓은 것처럼 갑갑했다. 무엇보다 수정이가 학교에 다니지 않을 거라는 소문 때문에 마음이 더 아팠다.

"선생님!"

공부가 끝나고 아이들이 모두 교실에서 나가자, 석이는 선생님에게 갔다.

"제가 수정이네 집에 가서 잘못했다고 빌게요."

용기를 내어 말하는데 등과 손에 땀이 나는 것 같았다.

4학년이 되고 두 달이 지날 때까지 수정이는 엄마의 차로 등교와 하교를 했기 때문에 수정이의 집에 가는 길은 아무도 몰랐다. 또한 수정이도 살고 있는 집을 아무에게도 가르쳐주지 않았다.

"네가?"

석이는 고개를 끄덕였다. 자신이 누구보다 수정이에게 잘 대해 주었던 걸 선생님은 알고 있었다.

"이건 너한테만 말하는데, 수정이는 일주일 있으면 미국으로 간다고 하더라."

"진짜요!"

선생님의 뜻밖의 말에, 석이는 큰 충격을 받았다. 눈물이 쏙 나왔다.

"그저께 수정이 어머님이 다녀가셨단다. 미국

은 마음 놓고 공부 할 수 있다니까,"

　"선생님, 안 돼요!"

　"왜?"

　"안 돼요. 수정이가 미국 가면 안 돼요! 제가 수정이에게 잘못했다고 빌 거예요. 선생님, 수정이 집을 가르쳐 주세요!"

　석이는 두 손을 모으고 사정했다.

　"수정이가 가고 싶다는데,……."

　"선생님, 제발요!"

10

수정이네 집 방문

수정이의 집은 단독 주택이었다.

초인종을 눌렀다.

"누구세요?"

아주머니의 목소리가 들리고 대문이 열렸다.

"저어,"

석이는 수정이의 엄마를 보자, 입을 다물고 말았다. 수정이의 엄마는 탤런트처럼 날씬하고 예뻤다.

"네가 석이구나."

"네."

"수정이한테 이야기 많이 들었다. 우리 수정

이 일로 왔나본데, 들어와."

수정이 엄마가 길을 비켜주며 웃으면서 반겼다.

마당가에는 예쁘게 가꾼 꽃들과 나무들이 있었다. 그리고 현관으로 들어가는 길에는 납작한 돌이 잔디 사이로 징검다리처럼 놓여 있었다.

거실 유리창으로 수정이의 그림자가 잠깐 보였다가 사라졌다.

"수정아! 석이 왔다."

수정이 엄마가 현관문을 열며 소리쳤다. 하지만 수정이는 나타나지 않았다.

"요즘 수정이가 현관 밖조차 나가지를 않아."

아줌마의 슬픈 목소리는 수정이가 만나 주지 않을 거라는 말로 들렸다.

석이는 다른 아이들보다 수정이를 좋아한다고 말할 수 있었다. 하지만 용기가 나지 않았다.

거실 벽에는 엄마 아빠와 함께 찍은 수정이의 어렸을 때 사진이 있었다. 환하게 웃는 얼굴이 지금보다 더 예뻤다.

"수정이가 어렸을 때 사람들이 다들 꼬마 모델처럼 예쁘다고 한 마디씩 했단다. 저 사진은 다섯 살 때 찍은 사진이다."

수정이 엄마가 과자가 담긴 쟁반과 음료수를 탁자에 놓으며 슬픈 목소리로 말했다.

"그렇잖아도 수정이한테 잘 해주는 널 한 번 보고 싶었다."

"수정이가 미국 가요?"

"이야기 들었니? 담임선생님한테 말하지 말라고 했는데……."

수정이 엄마의 입에서 한숨이 나왔다.

"제가 잘못했다고 빌게요! 수정이가 미국 가면 안 돼요!"

석이는 눈물을 글썽이며 애원했다.

"수정이가 원해서 가는 거야."

"저를 만나게 해주세요. 네?"

"이미 날짜까지 정해졌어. 미국에 사는 사촌 언니가 있어서 그곳에서 학교에 다닐 거야."

"안 돼요!"

석이는 이번에는 두 손을 모으고 빌었다.

수정이가 비행기를 타고 멀리 떠나는 모습이 머리에 스치면서 영영 볼 수 없다는 생각이 들었다.

"제발요!"

"수정아!"

수정이 엄마가 현관 옆에 있는 방을 향해 불렀다.

"수정아, 석이가 왔어. 잠깐만 나오면 안 돼?"

이번에는 수정이 엄마가 문을 열라며 사정했다.

수정이는 방에서 끝내 나오지 않았다.

"내가 네 이야기를 잘 해줄게."

석이는 꾸벅 인사를 하고 수정이네 집에서 나왔다.

다음날도 그 다음날도 찾아갔지만, 대문 밖에서 수정이 엄마의 미안하다는 말밖에 듣지 못했다.

11

학교 가기 싫어

석이는 날이 갈수록 자신이 수정이를 좀 더 적극적으로 지켜주지 못한 게 무척 괴로웠다. 특히 수정이를 괴롭혔던 여자아이들이 미웠다. 그들이 웃고 떠들 때마다 화가 치밀었다. 며칠 전에는 치미는 화를 참지 못하고 "수정이가 나오지 않는 게 그렇게 좋으냐고!"라고 소리쳤다. 그리고 싸움이 이어졌다.

날이 갈수록 싸움이 빈번하자, 아이들이 싸움꾼이라고 불렀다.

학교에 가기 싫다고 말하면 엄마 아빠가 펄쩍 뛰며 화를 냈다.

재미를 붙였던 공부도 흥미를 잃었다.

날이 갈수록 수정이를 지켜주지 못한 괴로움만 눈덩이처럼 커져 갔다.

한 달이 지났다. 나아졌던 성적도 곤두박질쳤다.

"엄마, 나도 미국에 가고 싶어."

"무슨 뚱딴지같은 소리야!"

엄마가 화를 냈다.

"미국에 가면 피부가 검어도 차별을 받지 않는데."

"누가 그런 소리를 해?"

엄마는 미국에 가려면 돈도 있어야 하고 그리고 오라는 사람도, 아는 사람도 없다면서 야단쳤다.

"나 학교 안 다닐 거야!"

석이는 소리치고 방으로 들어가 문을 잠갔다.

수정이가 사무치게 보고 싶었다. 아이들은 수정이를 잊었을지 모르지만 석이는 잊지 못했다.

잠을 잘 때도, 길을 걸을 때도, 공부 할 때도 수정이의 얼굴만 어른거렸다.

그리고 수정이의 아픈 마음을 누구보다 잘 알았다.

석이도 유치원 다닐 때부터 지금까지 많이 겪었다. 그래서 이사도 몇 차례 다녔다.

머리도 곱슬머리고 피부도 검은 아빠는 잠비아 사람이고 엄마가 한국 사람이다. 단 한 번도 아빠와 함께 놀러가거나 밖에 나간 적이 없었다. 엄마 아빠를 상처받게 말한 적이 수없이 많았다.

"석아!……엄마가 미안해!"

엄마의 우는 목소리였다.

"난 고등학교 때 선배들이 내게 아주 못된 짓을 했어. 대학교 때도 그 오빠들이,……그때 난 몇 번이나 죽으려고 했었어."

석이는 처음 듣는 말이었다.

"그때 우리나라에 와서 공부하는 네 아빠를 만났어. 네 아빠는 나의 과거를 이해해 주고 용기를 주었어. 그리고 날 동생처럼 아껴주고……."

엄마가 울면서 말했다.

석이는 잠근 문을 열어주지 않았다. 엄마는 좋아하는 아빠가 있지만, 자신은 친구가 영영 만날 수 없는 미국으로 떠났기 때문이다.

이틀 동안 학교에 간다고 집을 나와 놀이터에서 놀다가 집에 갔었다. 선생님이 엄마한테 전화를 해서 엄마도 알게 되었다.

12

5학년이 되던 날

 "석이 아니냐? 요즘 공부 열심히 하지?"

 학교에 가는 길에서, 4학년 때 담임선생님이 다가와 말했다.

 석이는 꾸벅 인사를 했다.

 "아직도 민수정을 잊지 못하냐?"

 "……."

 "사실은 말이다."

 선생님은 주위를 둘러보았다. 아는 아이들은 보이지 않았다.

 "민수정, 그 아이는 미국에 가지 않았다. 전학을 갔단다."

“정말요?”

석이는 흥분을 감출 수 없었다. 마치 수정이를 다시 만난 것처럼.

“아이들한테 말하지 마라.”

“네.”

“○○에 있는 초록 초등학교로 갔단다. 약속 지키기.”

“네.”

석이는 공부 끝나고 집에 오자마자 인터넷으로 초록 초등학교 가는 길을 알아냈다.

다음날 엄마 아빠한테 학교에 간다고 말하고 수정이를 만나러 갔다.

오후가 되자, 공부가 끝난 아이들이 교문에서 우르르 쏟아져 나왔다. 그때 수정이의 엄마가 나타났다.

석이는 꾸벅 인사했다.

“넌!”

수정이 엄마가 깜짝 놀랐다.

“어떻게 여긴 알고 왔니?”

“엄마!”

그때 수정이가 나타났다.

“안녕!”

석이는 수정이를 보자 너무나 반가워서 손을
흔들며 인사했다. 하지만 수정이는 몹시 당황한
표정이었다.

“엄마!?”

수정이가 엄마에게 달려가면서 어떻게 된 일이
냐고 놀란 눈빛으로 물었다.

“우리 수정이를 위해서 오늘 수정이 만난 거
비밀로 약속할 수 있겠지? 그리고 다시는 우리
수정이를 만나러 오지 않았으면 좋겠구나. 차를
길에다 주차해서,”

수정이 엄마가 수정이를 데리고 골목에 주차된
승용차를 타고 사라졌다. 딱 한 번 차에 오를 때
수정이가 석이를 봤다.

석이는 처음에는 수정이가 모른 척해서 몹시

서운했다.

시간이 흐르면서 수정이가 보여준 행동에 대해서 조금씩 이해하게 되었다.

아빠가 잠비아 사람이라는 걸 감추고 싶었듯이 수정이도 상처를 꼭꼭 숨기고 싶었을 거라는 생각이 들었다. 어쩌면 죽을 때까지.

13

변 화

석이는 수정이를 만난 후부터 생각이 많아졌다.

비밀을 숨기는 게 떳떳한가?

비밀을 말했을 때, 난 어떻게 되는 걸까? 불행할까? 행복할까?

지금까지 비밀을 간직하고 살아오는 동안 힘들었던 일들도 하나 둘 스쳐갔다.

가장 아픈 기억은 어린이집에 처음 간 날, 남자아이 하나가 너희네 나라에 가라고 소리쳤을 때였다. 그 외에도 차별을 받은 적이 무수히 많았다.

수정이를 만난 지 2주일이 지난 금요일, 집에 오는 길이었다.

"무슨 생각을 그렇게 하냐?"

이번에도 4학년 때 담임선생님이 다가와 등을 툭 쳤다.

"아, 아무것도 아니에요."

"선생님이 두 번이나 불렀는데도 모르더라."

"……."

"네 얼굴을 보니 생각하는 게 많아 보이는구나. 뭔가 말 못할 비밀이라도 있냐?"

"어, 없어요."

석이는 당황하였다. 웃으며 묻는 선생님의 표정이 자신의 비밀을 아는 것 같았다.

그리고 보니 반 아이들도 비밀이 있다는 걸 떠올렸다.

반장은 새엄마와 산다는 소문이 있고, 자신의 앞에 앉은 여자아이는 엄마 아빠가 없어서 할머니와 산다는 이야기가 있었다.

"수정이가 만나주지 않았구나."

"아, 아니에요."

"그럼 뭐냐?"

"……."

"괜찮다. 선생님이 비밀을 지켜줄 거다."

"……."

"누구나 비밀을 숨기는 데에는 몇 가지 이유가 있단다. 비밀을 말했다가 친구들한테 놀림을 당한다거나 멀리할까 봐 그리고 두려워서 그렇단다. 선생님도 어렸을 때 비밀을 감추고 싶을 때가 많았단다. 너도 읽었는지 모르지만 나는 '임금님 귀는 당나귀 귀' 라는 동화책을 읽고 비밀을 이불 속에서 고백했단다. 속이 후련하더구나.

너도 '임금님 귀는 당나귀 귀' 라는 동화책을 학교 도서관에 있으니까 한번 읽어 봐. 이발사가 임금님 귀가 당나귀 귀처럼 크다는 비밀을 숨기지 못하고 대나무 숲에 가서 '임금님 귀는 당나귀 귀!' 라고 외친 이야기인데 도움이 많이 될 거야."

선생님이 환하게 웃으며 말했다.

"지금도 선생님은 비밀이 있거든."

"선생님은 비밀이 뭔데요?"

"그럼 너도 비밀을 말해줄 수 있겠어?"

"……네."

석이는 선생님을 바라보았다. 선생님이 아빠였으면 좋겠다는 생각이 들었다. 키도 크고 잘 생긴데다 넥타이를 맨 모습이 훌륭해 보였다.

"실은 선생님은 대학교 다닐 때 짝사랑하는 여자가 있었단다. 5년 동안 그 여자와 마주치면서 좋아한다고 고백을 못했단다."

"왜요?"

"내가 좋아한다고 고백했다가 여자가 싫다고 하면 어쩌나. 소문나면 어쩌나. 친구들이 놀릴까 봐. 그리고 여자한테 차였다가 장가도 못 갈까 봐. 참 바보 같은 생각을 많이 한 거야. 나는 심한 내성적이었기 때문에 친구들이 없었거든."

선생님은 싱겁게 웃으며 말했다.

"나중에 나는 그 여자 때문에 거의 일 년 동안 공부를 할 수가 없었다. 온통 그 여자 생각뿐이었거든. 학교에서도, 집에서도. 그래서 그때부터 술을 배운 거야. 그러다가 자원해서 군대를 갔고……."

"그럼 이불 속에서 고백하면 되잖아요?"

"글쎄다. 어른이 되니까 좀 쑥스럽기도 하고."

"우리 아빠는 잠비아 사람이에요."

석이는 마음을 굳히고 고백했다.

"아이들이 알까 봐 두렵냐?"

석이는 고개를 저었다.

"부끄럽냐?"

"아니오."

"그럼 뭐냐?"

"몰라요."

석이는 선생님이 답을 이미 말했는데도 대답할

자신이 없었다.

"엄마 아빠에게 고민을 털어놓는 것도 좋다. 아니면 나한테 와도 된다. 내가 비밀로 해 주마."

"……."

"좋은 비밀이라면 몰라도, 좋지 않은 비밀을 간직한다는 건 힘든 고통이고 불행한 일이야. 시간과 다른 많은 생각의 기회마저 빼앗아가거든. 그리고 마음까지 병드는 거야. 너도 언젠가 내 말을 이해하게 될 거야."

선생님은 웃으시며 떠났다.

석이는 선생님의 말씀 중에 좋지 않은 비밀을 간직하는 게 고통이고 불행한 일이라는 말은 이해했다.

열흘이 지났다.

"아빠!"

석이는 저녁 먹고, 야구를 보고 있는 아빠를 불렀다.

얼굴이 화끈거렸다. 기억으로는 "아빠"라고 부른 기억이 없었다. 입을 열면 "이거요.", "됐어요.", "몰라요." 라고 간단한 말만 했었다

"어? 어, 우리 아들."

아빠의 눈이 놀라서 휘둥그레졌다.

"내일 일요일이니까 아침에 산에 가요."

석이는 내친김에 용기를 발휘했다. 왠지 자신의 말이 낯설고 낯이 뜨겁다는 생각까지 들었다.

"정말이냐?"

아빠가 어린아이처럼 환하게 웃으며 좋아하였다. 그리고는 혹시 산에 오르다 아는 아이라도 만나면 괜찮겠느냐고 묻는지 석이를 뚫어지게 바라봤다. 그동안 석이와 함께 밖에 나간 적이 없었다.

"김밥이랑 싸 가지고 갈까?"

주방에서 설거지하던 엄마가 석이의 표정을 살피며 조심스럽게 물었다. 표정이 밝았다.

"맘대로 해."

석이는 후끈 달아오르는 얼굴 때문에 방으로 들

어갔다.

'아빠의 피부가 검으니까 내가 검다는 걸 보여주는 거야. 그래도 아빠보다는 덜 검은 거야.'

석이는 어렸을 때부터 가슴 깊이 돌덩이처럼 눌려왔던 무거운 바위를 치운 것 같았다.

다음날 집에서 30여 분 거리에 있는 산에 올라갔다. 산은 낮았지만 처음 산에 올라서인지 숨이 가빴다.

석이는 사람들의 시선을 느꼈지만 무시했다. 산에서 내려올 때는 아빠가 내민 손을 잡고 당당하게 걸었다.

아빠와 엄마가 아들의 마음이 변한 데 대해서 묻지 않았다. 석이를 대하는 태도가 유리그릇이 깨질까 봐 조심하는 눈치였다.

석이는 진작 아빠와 함께 하지 못한 걸 후회하였다.

"아빠,"

"우리 사랑스러운 아들아, 왜?"

아빠가 말끝마다 엄마한테 하던 버릇처럼 "사랑
스러운"을 넣었다.

"잠비아는 정글이 많아?"

"많아."

"코끼리랑 볼 수 있어?"

아빠가 어깨를 으쓱하며 정글에 가면 볼 수 있다
고 말했다.

"아빠랑 잠비아에 가면 정글에도 가고 싶어."

아빠를 바라보는 석이의 눈빛이 별처럼 반짝였
다.

14

편지

수정이를 본 지 방학이 끝나고 9월 첫 주 금요
일이었다.

"좋겠네!"

엄마가 의미 있는 미소를 지으며 편지 하나를
건넸다.

"편지?"

석이는 봉투에 씌인 이름을 보자 얼굴이 화끈
달아올랐다.

보고 싶은 석이에게

지난번에 네가 왔었을 때 모른 척해서 미안해.

난 이제 모든 걸 잊어버렸어.

친구들도 잘못이 아냐.

내가 그동안 사실대로 말하지 않고 숨겨 온 게 잘못이었어.

너도 내 얼굴을 보고 많이 놀랐을 거야.

다섯 살 때, 아빠가 버너에다 고기를 굽다가 가스통이 터져서 얼굴에 화상을 입은 거야.

네가 내 짝꿍이 되어준 거 고마웠어.

잘 있어!

석이는 마음이 뭉클하였다.

석이는 답장에다 아빠의 이야기를 썼다. 자신도 아빠가 잠비아 사람이라는 걸 많이 원망했는데 이젠 아빠가 훌륭한 아빠라고 했다.

수정이의 편지가 왔다.

수정이도 크면서 아빠 엄마를 많이 원망했다고
했다.

석이 편지를 받고 이제 아빠를 원망하지 않기
로 다짐했다고 하였다.

나는 학교에 다니고 싶었지만 엄마한테 학교에 가고
싶다는 말을 못했어. 그래서 초등학교와 중학교 그리고
고등학교를 집에서 공부해서 검정고시로 졸업하려고 했
었어.

하지만 친구들이 초록 가방을 메고 학교에 가는 모습
이 너무 부러웠어.

엄마가 말했어. 유명한 성형외과에서 진짜 얼굴처럼
얼굴에다 원하는 얼굴을 입힐 수 있는 특수 실리콘이 있
대. 그래서 나는 기왕이면 바비 인형처럼 예쁘게 입혀달
라고 했어. 그래서 내 얼굴이 바비 인형을 닮은 거야. 내
가 좀 못 생기게 했다면 이런 일은 생기지 않았을 거야.
흐흐!

수정이의 편지를 다 읽은 석이는 답장에다, 사람은 얼굴 생김새보다 마음이 더 중요하다고 엄마의 말을 편지에다 썼다. 그리고 수정이가 짝꿍이어서 좋았다고 고백했다.

며칠 후 답장이 왔다.

'편지 잘 받았어.

너의 편지 받고 난 펑펑 울었어.

나도 사실은 너와 짝꿍이 되면서 좋았어. 하지만 내 얼굴이 이렇게 괴물처럼 흉측한데 어찌 너를 좋아한다고 말할 수 있겠어. 그래서 그런 생각을 하지 않으려고 노력했어. 진짜 내가 너를 좋아할 자격이 있는지.

그런데 네 편지를 받고 너의 마음을 알았을 때, 난 기뻐서 많이 울었어. 나를 좋아하는 네가 있다는 게 무척 행복했어. 고마워.

그런데 궁금한 게 있어.

내 얼굴이 괴물 같은데 괜찮아? 후회하지 않겠어?

답장 꼭 해줘.

나는 편지를 썼다.

……

절대 후회 안 해.

나도 얼굴이 검어서 아이들이 놀렸어. 그런 나를 너는 싫어하지 않았어. 그래서 너를 좋아하게 된 거야.

절대 후회하지 않을 거야. 하늘과 땅을 두고 맹세해.

다시 우리 학교에 오면 너를 꼭 지켜줄 게. 진심이야. 믿어 줘.

네 편지를 받고 난 내 얼굴에 대한 용기가 생겼어.

다섯 번째 수술은 했지만 아직 흉터는 많이 남았어. 하지만 난 내 얼굴에 대해서 부끄럽지 않게 살 거야. 용기를 주어서 고마워. 나도 널 좋아해. ❥

석이는 편지를 가슴에 대고 벅차오르는 감동을 누르느라 애썼다.

15

수정이가 놀러 온 날

"우리 석이가 여러분들에게 하고 싶은 말이 있대요. 들어봐요."

수업 시작 전에 여자선생님이 말했다.

석이는 오랫동안 마음속 깊이 감춰왔던 말을 꺼내려니 심장이 두근거렸다.

"저희 아빠는 아프리카에 있는 잠비아 사람이고,…… 엄마는 한국 사람입니다. 엄마는 사람이 겉모습도 아니고, 피부도 아니고, 그 사람의 마음이 중요하다고 했습니다.…… 저는 여러분과 친하게 지내고 싶습니다. 함께 축구도 하고, 야구도 하고, 뭐든지 하고 싶습니다. 저는 여러분과 친구가 되고 싶습니다. 깜둥이라고 별명을 불러도 좋습니다."

석이는 떨리는 목소리로 준비한 글을 읽는데 뜨거운 눈물이 펑펑 쏟아졌다.

아이들이 박수를 쳤다.

선생님이 우리나라도 세계 여러 나라 사람들과 결혼하면서 다양한 사람들과 문화가 생겨났다고 이야기를 들려주었다.

"여러분들도 잠비아에 가면 피부색이 다르다고 하지 않을까요?"

선생님이 묻자, 아이들은 아무도 대답하지 않았다.

집에 오자, 석이는 반가운 편지를 받았다.

수정이가 학교에 놀러오고 싶다는 내용이었다.

석이는 수정이에게 놀러오라는 답장을 보냈고, 사흘이 지나서 수정이가 금요일에 학교 개교기념일이라서 놀러오겠다는 편지가 왔다.

반 아이들한테 말했더니, 반응이 엇갈렸다. 관

심을 보이는 아이들도 있는가 하면 시큰둥한 아이들도 있었다. 특히 선아는 재수 없다고 내뱉었다.

금요일 아침이었다.

석이는 거울 앞에 자신의 모습을 보려고 열 번째 섰다.

엄마, 아빠가 짓궂게 놀렸지만 실실 나오는 웃음은 막을 수가 없었다.

"학교 다녀오겠습니다!"

석이는 한달음에 학교로 달려갔다.

"진짜 온데?"

윤아가 물었다. 어제 수정이에 대해 물은 적이 있었다. 주위에 있는 아이들도 관심을 보였다.

"응."

첫째 시간이 지나고 두 번째 시간이었다.

선생님이 수정이와 함께 들어왔다.

"안녕!"

수정이가 밝은 얼굴로 오른손을 살짝 흔들며 인사했다.

석이는 수정이와 눈이 마주쳤을 때, 활짝 웃으며 두 손을 번쩍 들고 흔들었다.

아이들도 반겼다.

"보고 싶었어!"

"우리도!"

석이는 소리쳤다. 몇몇 아이들도 따라 소리쳤다. 그들도 마음의 진 빚을 갚을 수 있어서 환한 얼굴이었다.

"만나서 반가워!"

말을 마친 수정이가 다가와 손을 내밀었다.

"나도,"

석이는 얼떨결에 수정이의 손을 잡았다.

선생님과 몇몇 아이들이 박수를 쳤다.

갑자기 교실 안이 환한 빛으로 가득 차 보였다.

석이는 수정이의 힘껏 쥔 손가락 힘이 온몸으로 찌릿하게 전해져 왔다. 힘이라면 밀리고 싶지 않았다. 그래서 수정이의 손을 힘껏 쥐었다.

"아!"

수정이가 작게 신음소리를 냈다.